语文教材选篇作家作品
深度阅读系列

国际儿童读物联盟（IBBY）原主席
张明舟 / 主编

语文教材选篇作家
吴然

吴 / 然 / 抒 / 情 / 美 / 文

珊瑚云

吴然 著

浙江教育出版社 · 杭州

主编的话

阅读是有力量的

阅读是有力量的，特别是课外阅读。这一点我有切身体会。44 年前，我还是黑龙江省一个偏远小山村里的一名 9 岁学童。一个偶然的机会，我用捡拾垃圾换来的 2 角 8 分钱，买到了一本故事书——《小种子旅行记》。这本书讲述了一粒小种子立志到地角天边旅行的故事。书中描绘的大好河山和扣人心弦的故事情节深深地吸引了我，正是从这本书开始，我对阅读产生了浓厚的兴趣。由于条件所限，除了经常要到学期结束才能拿到手的语文课本，那时候我能找到的书很少很少。于是我尝试着阅读糊在泥墙上的旧报纸，不懂的地方就问爸爸、哥哥，因此认识了不少字，也了解了小山村外的许多新鲜事物。我对走出小山村，到地角天边去看看的愿望越来越强烈，学习的动力也越来越足。后来，哥哥给我买了《成语词典》等书籍，我被先贤们的外交智慧所折服，悄悄萌生了长大后做外交官的梦想。后来我才意识到，大量的阅读已经使我拥有了强大的自学能力，我越来越发现课外阅读是对课内学习的重要补充，甚至很大程度上弥补了乡村学校教学条件和教师教学水平的不足。一直在小山村读书，缺乏自信心的我，竟然以全县第一名的成绩考入高中，后来又以优异的成绩考入上海外国语大学，毕业后被外交部录用，成了一名职业外交官。2002 年开始，我积极参与国际儿童读物联盟（IBBY）工作，支持该国际组织在世界各地的公益项目，并推动其与其他国际组织建立合作关系。2018 年，我当选该国际组织主席，成为改革开放以来为数不多的在国际组织担任最高领导人的中国人。在与各国同行交流的过程中，我发现很多人都是因为少年儿童时期的阅读，而养成了良好的阅读和学习习惯并受益终身。

优秀的儿童读物应是既有趣又有营养的。有效率的阅读，更应该是精读和泛读的结合。统编语文教材在知识点的准确性上，特别是在语言和文学两方面综合评估上，对每一篇入选文章都进行了反复考证，体现了编写团队的专业水平和集体智慧。这套“语文教材选篇作家作品深度阅读系列”的每一位作者，都是统编语文教材的选篇作家。翻开孩子们每天相伴的语文课本，就能找到他们的名字。这些作家的作品，囊括了小说、散文、童话、诗歌、科普文章等各种文学体裁。

入选教材的作品都是精品中的精品，然而受课本容量所限，有些文章在收入教材时，篇幅不得不做了删减，在这套书里读者可以找到原作全文；有些课文，其实是系列作品的局部，在这套书里可以找到它的上下文和前后故事；还有些课文，作者著有多篇同体裁、同类型的作品，可以作为课外拓展阅读。学生通过对语文课文的精读，和对语文教材选篇作家系列作品的泛读——对照阅读、大量阅读，既可以更深入地理解课文内容，又可以感受其作品的独特魅力，培养更加敏锐的感受力和表达能力。

当然，除了学生自主阅读，这套书还可以和语文课堂教学配合使用。教师在讲解某一篇课文时，这套书可以作为“资料库”，丰富和拓展课堂教学内容。

让孩子们在课堂上和学习之余，在合适的时间与合适的图书相遇，引导他们从阅读中收获无穷乐趣、吸收无限养分，学会阅读，爱上阅读，成为终身的阅读者和学习者，是这套“语文教材选篇作家作品深度阅读系列”的出版目的，也是出版社和数十位教材选篇作家的共同心愿。

张明舟

2021 年 11 月 30 日于北京

目录

珊瑚云

秋天的傍晚，凉爽的风，吹来果园的芳香，吹来池塘的清香。

狗在跑着，猫在屋脊上走动。归巢的鸟，从霞光里飞来。

这时候，晚霞美丽极了！玫瑰红的、橘红的、紫蓝的，还有耀眼的云朵，飘浮在远远的天边，好像是大海里的珊瑚。

啊，秋天的傍晚，天上的海里，有许多发亮的珊瑚。

发亮的珊瑚，云一样变幻着。是鱼儿在游吧，搅得珊瑚云摇动起来……

和花朵说悄悄话

万花溪绕着我们的村子，流着，流着。它是点苍山的一条溪流。

它的溪水里，永远漂载着好看的花瓣。溪水是香的，甜的，冰凉的。

当点苍山的冰雪刚开始融化，它的溪畔，已经开满了鲜花。

这时候，我喜欢提着小花篮，来到溪畔。闻闻这朵花，闻闻那朵花，我和花朵们说悄悄话——

你好，山茶花！你说，你的小脸，是在那个下霜的夜里，冻红的吗？还是你早起迎接太阳，早霞亲了亲你，你害羞了？山茶花，别只顾笑，你倒是把你的秘密告诉我呀！

你好，马缨花！

你好，含笑花！

哟，杜鹃花、叶上花、金银花、龙胆花、太阳花、地丁花、猫脸花、蝴蝶花……你们都好呀，万花溪畔的花朵们！

你们有什么喜事？你们为什么这么喜气洋洋？哟，你们已经寄出了芬芳的彩色的邀请信。你们的客人——蜜蜂和蝴蝶——就要来了。难怪你们这么忙，难怪你们这么喜气洋洋！

告诉我，万花溪的花朵们，你们为什么有这么多的色彩？蓝色、红色、黄色、白色、紫色……你们把溪流打扮得飘香溢彩，你们给我们的村子镶了一道花边。看你们笑得前仰后合，你们的家族多么快乐。你们喜欢多种多样的色彩，你们喜欢开出各种各样的花朵。

哟，万花溪的花朵们，告诉我，你们是大地妈妈的儿女吗？正像我们小娃娃，是妈妈的儿女、妈妈的花。我想，你们一定是大地妈妈的儿女。只有大地妈妈，才有这么多、这么美丽的儿女呀！

写在纪念册上

毕业了，同学们互相在纪念册上，写下自己的一句话——

忘不了你腼腆的微笑，和回答问题时通红的脸。

我们彼此理解，我们的友谊是真诚的，没有半点虚假。呵，我们还能在一起谈心、学习、嬉戏和唱歌吗？

那次我忘了带水彩颜料，是你借给我。用你的水彩颜料，我画了一幅美丽的图画，这幅画一直珍藏在我心里。

难以忘却的是，我俩常常被人误认为一个人。

我们在一起上学，一起挤公共汽车。回想起来真是好。

你胆小，不爱说话，我担心我记不住你的声音。在你遇到困难的时候，请想着一个大胆的调皮鬼，他会用最大的力量来帮助你。你不用害怕，他的胆量就是你的胆量。

请记住我们的学校，我们的老师，我们一同栽下的小树，还有那次夺得全校冠军的足球赛！

老师的礼物

我们的老师要退休了。

我们的老师，她的教龄，就是我们学校的校龄。自从她亲自把国旗在校园里升起，学校就是她的家。

她带领学生，在煤海一样深邃的黑板上，追寻知识的宝藏，也描绘她的理想和希望。

她送走一批学生，迎来一批学生；迎来一批学生，送走一批学生……就在“煤矿子弟学校”的校牌下。

如今，这座大型煤矿，变得越来越年轻了。而粉笔的微尘，已经染白了她的黑发。我们的老师，到了退休的年龄。

那天，矿长来了，工程师来了，采煤标兵来了，技术革新能手来了，还有许许多多矿工，还有我们的爸爸妈妈……没想到他们也是我们老师的学生。他们来向老师表示慰问，在老师面前，他们是那样恭敬。

一块系着红领巾的优质煤，是献给老师的礼物；一阵热烈的掌声，是对老师诚挚的祝福。

呵，我们的老师，她本身不就是一块煤吗？不就是一块只知道燃烧，只知道发光、发热的煤吗？

我们的老师，她捧着红领巾和煤，正是捧着一团火，一簇燃烧的花朵啊！

喷泉

教室里，我向孩子们提问。孩子们齐刷刷地举起了小手。

看着孩子们的小手，我忽地想到了喷泉。

喷泉，从大地的深处喷射而出。呵，是大地妈妈的爱吗？是爱，总是藏不住、关不住，终将会以十倍、百倍的热情喷涌出来的。

喷泉，甚至令我想到奇伟的大树、娇嫩的小草、鲜艳的花朵。它们不也是喷泉吗？大树、小草、花朵，那是绿色的水柱、多彩的水柱、芳香的水柱啊！

喷泉，甚至令我想到太阳。哦，你在海上或者高山之巅看过日出吗？那真是喷薄而出，豪壮辉煌啊！不正是太阳的喷泉，洒向大地、照临人间的光和热的喷泉吗？

喷泉甚至令我想到夜晚那倏然亮起的灯光，想到轰然升上夜空的缤纷的礼花，它们不也是喷泉吗？光明的喷泉、绚丽灿烂的喷泉！

喷泉！喷泉般的思绪、喷泉般的联想……

孩子们的小手，无疑是聪颖智慧的喷泉，无疑是纯洁心灵的喷泉。我，作为一名教师，一名能接受这喷泉赞礼的教师，我怎么也抑制不住心海中幸福的喷泉了！

新年礼物

离元旦还有好些天，孩子们就开始想着给老师准备新年礼物了。上小学四年级的女儿苇苇告诉我，她们小队悄悄商量过了，送给老师的新年礼物，要有意义，要比去年的好，还不兴跟爸爸妈妈要钱买，要自己动脑筋做。我说：“好呀，你拿什么礼物送给老师呢？”女儿笑笑，没有告诉我，却做了个鬼脸，跑开了。这丫头，还保密呢！

我这女儿，笨倒不笨，就是贪玩，学习不专心，作业潦草，写字多笔少画，做算术常常忘记“进位”，忘记写小数点，作业本也不整洁，总是涂涂改改，皱巴巴的。翻开她的本子，尽是老师提醒她写好字和认真做作业的批语。我批评她，甚至狠狠地“熊”她，可她就是改不了。她不爱画画，手工制作也差，看她能拿出什么像样的礼物送给她的老师！

这天，我在内屋看书，在外边做作业的苇苇，和妹妹小小吵了起来。苇苇带着哭腔说：“赔来，赔来，你赔来……”我慌忙跑出去，只见苇苇正抖着手里的作业本，朝妹妹小小叫嚷。我问是怎么回事，小女儿扑到我怀里哭了起来。苇苇也哭了，说：“坏妹妹，把我的作业本撕烂了……”

“我不是有意的……我不小心，轻轻一下就撕烂了。”妹妹低下头，用手绢擦着眼泪。

“不小心？怎么能不小心？你不知道吗？这是我给老师的新年礼物。”苇苇瞪着眼睛，脸蛋憋得红红的。

“礼物？”我的惊诧，使苇苇想起了自己的秘密，急忙把作业本往身后藏。

我把作业本拿过来：哟，多平整，多干净啊，我简直不相信这是女儿的作业本了！每一道题都做得很认真，字写得又工整又清秀，有一处落了点墨水，也小心

地用吸水纸吸过了。看，全做对了，一连九次，都是一百分！我明白了：女儿做作业的时候，总把桌子抹了又抹，收拾得干干净净，做算术常常在草稿纸上演算好了，才誊在作业本上……她是在用美好的心灵和纯真的感情，做着送给老师的礼物啊！

找来胶水，我小心翼翼地把撕坏的一角粘补起来。我粘补得那样妥帖，连苇苇都满意地笑了……

在苇苇的心里，新年越来越近了。她要送给老师的礼物，其实算不上什么礼物，却又是最好的礼物。

是孩子的真诚的心啊！

新年快要到了，我分明看见苇苇也长高了！

山茶花

一把山茶花捧在你的手上，卖花的小姑娘。

寒风冻僵了花朵。

红彤彤的是你的小脸。

是你上山采的花束吗？你的头发上沾着枯黄的草叶。

你的书包呢？那些揉得皱巴巴的、被你的小手摸黑了的课本呢？

你胆小地看着城里人。轻轻地，颤颤地，你喊着：“卖花……”

花束里飘来潮湿的雾，飘来树枝和山草的气息，像你的声音。

高跟鞋从你的身旁走过。旅游鞋从你的身旁走过。

许多腿，许多脚，许多鞋子！

匆忙的、悠闲的、杂乱的，都走过去了。

你手里的山茶花打了个寒噤。一片梧桐树的叶子，像一只黄的蝴蝶，飘落在你的花篮里。

“卖花……”

大汽车、小汽车、摩托车和单车……穿梭在它们织的网里，用喇叭声、汽油味缝补这座城市。

你想起山村里的牛和羊，还有跑跳的狗和鸡，它们在追逐冬日暖和的阳光。

餐馆里飘来美食的香味。你舔了舔嘴唇，喉咙“咕”的一声响。眼前飘过山村里温暖的、淡蓝的炊烟，妈妈做饭的身影，灶头的火光。

“卖花……”

没有人停下。

幸好来了一群小学生。满街都是放学的快乐。

“多好看的花呀！”他们围着你，他们买你的花。一把，一把，山茶花照亮大街小巷……

额头上细细的汗珠，脸颊上小小的酒窝。卖花的小姑娘，你捧着最后剩下的一把花，去看望病床上的爸爸。

斑鸠

斑鸠又懒又憨，大家叫它憨斑鸠。

斑鸠听了自然不高兴。可是又没有办法去掉这个绰号，只好自己生闷气，叫着：“气嘟嘟——嘟！气嘟嘟——嘟！”

捉斑鸠那才叫有趣呢！有一种方法，又简单，又好玩。

斑鸠总是有一顿，吃一顿。冬天，田里庄稼都收完了，斑鸠找不到吃的，饿得发慌。打谷场呢，早收拾得干干净净的，连谷壳都没有了。斑鸠还是飞来了，这里刨刨，那里啄啄，想碰碰运气，看能不能找几粒遗漏了的粮食。

这是捉斑鸠的好机会了！你在谷场上，挖几个杯子大的洞，差不多也是杯子那么深。挖好了，把麦子或豌豆撒在洞里。这些都弄好了，你就找个地方躲起来，千万忍着别笑出声。

斑鸠又飞来了，它们急得到处觅食。

有一只发现洞里有麦粒，高兴得不得了。又有一只发现了，哈！都发现了，它们高兴得直跳。它们围着洞转悠，伸头进去啄，又啄不着，急得没法子。那就再把头伸进去点吧，“扑”的一下，它来了个倒栽葱，插到洞里去啦！别的斑鸠见它脚朝天，怪好玩，还以为它吃到了很多东西，高兴透了。于是，各自都插到洞里去。你现在哈哈大笑也不要紧了，反正斑鸠飞不了啦，你就提着笼子来“拾”斑鸠吧。

一碗水

我们村后是密密的树林。

阳光透过树荫，照亮爬满石壁的过山藤，照亮石壁上潮湿的苔藓。石壁下有一眼很小很小的泉水，叫“一碗水”。这眼从石缝里浸出来的泉水虽然小到只有一碗，可是一年到头都不会干涸。有趣的是，它总是满满的一碗，既不浅下去，也不漫出来。你可以一口气把它喝干，它呢，又会不紧不慢地浸出来，浸得满满的。

小小的泉水虽然只有一碗，可是我们喜欢它。我们上山砍柴或者拾菌，一定到这里来歇口气、喝口水。

我们坐在树荫下，坐在石墩上，吃着各自带来的午饭：粑粑、饭团，或者架起刺柴火烧洋芋……你吃一点我的，我吃一点他的，树叶卷成的“杯子”里盛满清清的泉水，我们像大人一样举杯高呼：“干杯！”

有时候我们看见小松鼠来喝水，看见山喜鹊来喝水，还看见过一群竹鸡来喝水……你信不信，连蝴蝶、蜜蜂也来喝水！我们会躲得远远的，不惊动这些树林里的小主人。

你看，小松鼠竖着毛茸茸的尾巴，小眼睛那么亮！它喝了一口水，很快用脚爪揩揩嘴，“吱吱，”它说，“好甜的水，好甜的水！”

山喜鹊飞来的时候，爱在那棵青冈树上停一停。有一只先飞下来。“鹊！鹊鹊！”它这是在招呼同伴，“快，快来呀！”大家都飞下来了，它们在水边跳跃着，跳跃着，潮湿的沙地上，留下它们的爪印。哟，潮湿的沙地上，有很多爪印，还有野兽的足迹呢！山上的各种禽鸟、野兽，一定常常到这里来喝水，到这里来聚会吧？

离泉水不远处有一块草地，茸茸的嫩草，缎子般闪着绿光。红红的小花、黄黄的小花和蓝晶晶的小花，星星一样好看和鲜亮。我猜想鸟们喝了水，会到这块草地上来做游戏。我把我的猜想告诉胖子阿兴，阿兴说我的猜想正对他的心思。他说有一次他在草地上拾到过一根美丽的锦鸡的羽毛。“那一定是鸟们做游戏时丢

下的。”他说得非常肯定。啊，有多少次，我、阿兴、喜翠，还有嘉桂，我们悄悄躲在树丛里，想看看鸟们在草地上做游戏，或者跳舞。可惜，我们没有看到。

但是有一次，我们看到一只小鹿来喝水。它的耳朵抖动着，抬着头到处张望。这个小傻瓜，朝我们藏身的树丛看了好一会儿，也没有看见我们。它低下头去喝水，喝了水又朝我们这儿望着。阿兴忍不住，冲了出去，受惊的小鹿转身就跑，一下子钻进了树林……直到现在我还在想，小鹿准是看见我们了！如果不是坏阿兴，它会向我们走过来吧？

这就是“一碗水”，我们村后树林里的一眼小小的泉水。它从不干涸，总是满满的一碗！老辈人说它是一眼灵泉。哦，难怪鸟儿们喝了它的水，唱得那样好听；小松鼠喝了它的水，显得那样机灵；村里的娃娃们喝了它的水，一个个又是那样的聪明……还是上中学的阿哥说得好，它是大山的乳汁。哟，它的水多甜啊！

小岛岛

“一小一小，小岛岛！”

下关一小，我的母校。我的母校，是个小岛岛。

西洱河从这儿流过。西洱河分出的“子河”，从这儿流过。你是西洱河与“子河”之间的一个小岛岛。

你有石板的小桥，铁铸的桥栏光滑乌亮。你有卵石砌的河岸，有垂到河面的柳条。柔软的柳条像孩子的小手，它给西洱河抓痒，给“子河”抓痒。它逗得西洱河笑个不停，逗得“子河”扭弯了腰。你有鲜艳的荷池，在红的荷花和绿的荷叶间，有彩色的蜻蜓在飞，有金色的蜜蜂在飞，有花蝴蝶在飞。你有花岗石的台阶，有一对大石狮子。我喜欢骑在石狮背上，想象它能把我带到很远很远的地方。你有大理石镶嵌的花坛，花坛上，有时山茶花开放，有时蝴蝶花开放，有时金盏花

开放……不同的季节，有不同的花开放；一种花谢了，一种花又开了。有多少挎着书包的娃娃，就有多少迎着太阳开放的花。小岛岛，我的母校，你是花朵的学校。

小岛岛，我的母校。我喜欢你石板的小桥，喜欢你乌亮的桥栏。我喜欢你的荷池、你的石狮子、你的花坛和花朵们。啊，我喜欢我们的教室，西洱河的波光，映在它的天花板上。我想捧住这些晃动的波光，这些晃动的波光，时时勾起我奇异的想象……

小岛岛，我的母校。在我们到将军洞去野餐的时候，在我们到点苍山去采花、去捡菌的时候，我从高处看到你，看到你像一艘大轮船，一艘飘扬着五星红旗的大轮船。我们的教室，那些有着明亮的玻璃窗的教室，不就是你的客舱吗？你不是每天都运载着我们，在知识的海洋里破浪前进吗？

你也像一条巨大的鲸鱼。那棵在太阳下闪着绿光的、有着圆弧形树冠的大青树，多么像你——巨大的鲸鱼——喷出的绿色水柱！啊，大青树的绿色的喷泉，大青树的绿色的水柱！给了我们多少阴凉，给了我们多少快乐！那口古老的铜钟，挂在粗壮的枝干上。当！当当！当！当当！钟声敲响的时候，我们从教室里飞出来，飞到树荫下，飞到西洱河边。许多小鸟也飞出来，有八哥，有花喜鹊，有斑鸠，也有麻雀们，从浓密的枝叶间，它们飞出来，飞出来。太阳的光芒在它们的身上闪亮，在它们的翅膀上闪亮。我想，小鸟们也是刚刚下课吧？它们在大青树的绿色的教室里上课，它们学算术，看谁吃的虫子多；它们学唱歌，看谁唱得更好听、更美妙。钟声敲响了，它们和我们一起下课了……

啊，小岛岛，我的母校！你是一艘大轮船，你是一条喷着绿色水柱的大鲸鱼！

牛恋乡

我们住在滇池边。

我们的村庄叫“牛恋乡”。

假如你来我们村里做客——欢迎你来——我们会给你讲一个故事——

你知道天上有许多神牛吗？傍晚，你朝天上看，水塘般澄碧的天边，有一朵一朵金红的、金黄的、金紫的，还有银白的、浅灰的、暗褐色的云块，那就是神牛。它们在天池畔吃草、散步，在天池里沐浴呢！

跟我们一抬头就看见太阳，看见云彩，看见夜里的星星和月亮一样，天上的神仙、神鸟和神兽，也看得见地上的人、地上的山、地上的河流和海水。有一天，一群神牛看见了滇池。

“呀，好大一个水塘，好嫩的一片水草！”它们惊叫着、商量着，用现在的话说，它们要来人间旅游了。

哦，一朵朵云彩飘下来，飘下来，落到滇池边，就变成了神牛。

“呀，天庭也没有这般美妙，天庭也没有这样肥美的水草！”神牛们乐了，在草滩上追逐奔跑，在滇池里玩水洗澡，逗得月亮笑圆了脸庞，逗得星星笑眯了眼睛。

可是神牛们只能夜里来玩，而且不能玩得太久，太阳出来以前，它们还得回到天上。这多么扫兴呀。

终于有这么一天，几头小牛正玩得起劲，妈妈又喊要回天上去了。

牛娃们哪里肯依：“不嘛，妈妈，让我们再玩一会儿，就一会儿！”

妈妈看着发白的天边，叹了口气说：“好吧！”

谁知大家都忘记了时间，也忘记了天条。突然红光一闪，太阳出来了！被太阳金箭射中的神牛，立即变成了石头……有的在水里只露出乌青的背，有的在水

里昂着头；有的低头吃着嫩草；有的躺在草滩上反刍着温柔。那几头撒娇的小牛，正在做一个有趣的游戏，花肚皮那头，滑稽地跌了一跤……

这就是我们的村庄，神牛贪恋的地方！

来吧，到我们村里来做客吧，我们给你讲一个故事，然后我们一起去看那些神牛变成的石头。

呵，骑在石头神牛上，我们看五百里滇池倒映云彩天光，看睡美人在滇池里漂洗她的长发，看帆影追逐海鸥。呵，我们讲一个神牛的故事，浸透果园和稻花的清香，浸透炊烟升起的宁静，浸透滇池蓝莹莹的波光……

绿色的房顶

爸爸是有名的建筑设计师，他设计的房子盖满了整个城市。

明明也学着爸爸的样子，画了一幢顶大顶大的房子。这房子画得挺特别，连爸爸看了都觉得奇怪：房顶全染成绿色，绿得像一片草地，又像可爱的小树林伸向遥远的天际。

爸爸问："哟，亲爱的设计师，请你谈谈这绿色的房顶……"

明明吐了吐舌头，讲出自己的设计理由。"爸爸，"

他说，“您画的房子很多很多，可是我们的草地呢？都盖上了房子。尽是房子，我们还怎么玩呀？”

“原来……”爸爸扶了扶眼镜，用设计师老练的眼光看着明明画的大房子。他想起来了，孩子们是多么喜欢绿色的草地！街那边还没有盖房子的时候，那是一片绿绒毯般的草地，吸引着孩子，也吸引着他自己。

傍晚，太阳的光芒从玫瑰色的云霞中照射出来，绿色的草地是多么漂亮啊！孩子们在草地上打滚、翻跟斗、踢皮球，像鱼儿在水里畅游，活蹦乱跳，多么自由……可是，如今这里已经竖起高高的脚手架，灰色的房子代替了绿色的草地。爸爸不由得看看儿子。

明明闪着晶亮的黑眼珠。他问：“爸爸，能不能盖成这样的房子——房顶是绿色的草地，还要栽上树，种上花，让小鸟来唱歌，让蜜蜂来采蜜，您说行吗？”

爸爸抱起明明，说了一些明明听不懂的话：“关于‘绿色的房顶’，我要写篇论文！是的，不论做什么事，都要想到孩子，我们是在为孩子们而工作！”

爸爸的相册

爸爸的相册里，保存着爸爸的童年。

一张集体留影，哟，爸爸的班级，爸爸的老师，爸爸的小伙伴！几十张甜甜的笑脸，有树影的摇晃，有阳光的芬芳……

看，爸爸也说相声呢！眯着一只眼睛，做一个滑稽的丑样……照片上的爸爸多么调皮！

哦，爸爸，你们是到郊外野餐吗？你们在吃凉米线，还是在吃豆焖饭？开着杜鹃花的溪流边，你们围坐在一起……照片上响着你们的说笑声，响着碗筷瓢勺的叮当声，甚至还响着溪流的歌声和小鸟的欢鸣，当然，还散发着树林和野花的香味，散发着你们野餐的香味……

呵，爸爸！原来你也有那么美丽的童年呀！

我喜欢你美丽的童年，爸爸。

我不喜欢你只是上班、下班；我也不喜欢你的星期天，只是洗洗衣服、煮煮饭。

我喜欢你的童年，喜欢你和我一起奔跑，一起玩耍。

呵，星期天，我们到郊外野餐吧，爸爸。我们去游泳，或者去爬山；我们去钓鱼，或者去踢足球——你不是在校队里当过中锋吗？爸爸！或者，我们上儿童公园去吧，我们去坐“登月火箭”——你小时候没有坐过，你一定会感到新鲜；或者我们一块儿玩跷跷板，我们用笑声赞美——星期天！我还想请你，吃一根冰棒，或者一串糖葫芦，我们一起上儿童剧院，去看童年伙伴的表演……

呵，爸爸，我喜欢你的童年！

你也来翻翻你的相册，找回你的童年吧，爸爸！

可别把你的童年遗忘在相册里，更别让时光的流水，冲淡了它的颜色。

爸爸——同学

翻看爸爸的相册，知道了这个秘密：我和爸爸是——同学！

我的学校，是爸爸的母校；我的班主任，从前就教爸爸语文……

你看这张集体照：几十张笑脸，把老师簇拥在中间。那时候，老师多年轻啊，深深的酒窝，洋溢着阳光般的笑容。而爸爸呢，和我现在一样，是个四年级学生，戴着红领巾！

呵，爸爸，既然我们是同学，既然我们都在同一所母校，当过同一个老师的学生，我们为什么不能像“真正的同学”一样玩耍呢？

把你玩过的玻璃弹找出来吧，爸爸；

把你“拍洋画”的本领教给我吧，爸爸；

带上我们折的纸飞机，到翠湖的草地上去试飞吧，爸爸；

我们一起制作木头手枪，来玩“抓坏蛋”的游戏吧，爸爸；

……

呵，爸爸，既然我们是同学，我们就应该这样玩玩！

而假如我有一道算术题不会做，你会像我们的小组长一样，耐心地给我讲解吗？你不会瞪着眼睛发火，不会骂我笨吧，爸爸？呵，假如你发火了，假如你还要举手打我，我一定要高声叫喊：“不，爸爸，我们是同学！”

呵，呵，多么有意思呀，我和爸爸是——同学！

郑和公园

在郑和的故乡——昆阳，郑和公园建在月山上。

你知道这座小小的山冈，为什么叫月山吗？爷爷告诉我，郑和小时候，喜欢站在山冈上，看月亮从滇池那边升起，看月亮照着滇池的水面、照着夜航的帆船。于是，这山冈有了一个动人的名字：月山。

我相信这是真的，这传说已经流传了几百年。

我相信这是真的，就在这有着美丽传说的月山上，建起了郑和公园。

这里树很多。有古老的龙柏和松树，有冬青，有竹

鄭

子。银杏树在秋天更灿烂了：一树金黄的叶子，闪耀着一树金黄的阳光。

这里花很多。山茶花开了，接着玉兰花开了，接着杜鹃花开了……一种花谢了，一种花又开了。各种各样的花，春天开，夏天开，秋天开，冬天也开。冬天没有过完，许多春天里的花，又已经开了。这里是花的乐园。

我们喜欢到这里来游玩。

站在“明三保太监郑和故里”的碑亭前，我们听阿公讲郑和下西洋的故事，听阿公讲郑和小时候的故事。这些故事，都是一代一代传下来的。

我们喜欢到这里来游玩。

站在公园的大门口，站在那雕刻着郑和下西洋图画的牌坊前，我们看见渔村，看见晾着的渔网；我们看见湖滩，看见我们的小伙伴在湖滩上奔跑，在湖滩上捡贝壳，捡好看的花石子。我们看见五百里滇池晃动着，晃动着。它晃动着阳光，晃动着湛蓝的天空和松软的白云。帆船在明净的水面上漂荡，漂荡。

我们数着银亮的风帆，数着绛红的风帆，数着淡黄的风帆……

啊，当白天的暑热已经下去，我们尤其喜欢在傍晚来到郑和公园。我们不是来游玩。我们是来等待，等待弯弯的月牙儿从滇池那边升起。那银亮的月牙儿啊，是郑和下西洋的宝船。

它带着几百年前的光荣，向故乡驶来，驶来。满天的星星，都为它点亮了航标灯；满天的星星，都出来为它送行。啊，怀着这样的想象和希望，当月亮升起的时候，我们喜欢来到郑和公园，我们来迎接郑和驶回故乡的宝船……

书包

你注意过小学生的书包么？

那些牛津包，那些塑胶帆布包、保健包，那些迷彩包！印着熊猫、长颈鹿，印着花仙子、蓝精灵、变形金刚……要多鲜艳有多鲜艳，要多漂亮有多漂亮！

看着这些使我们的城市变得美丽、鲜亮，变得朝气蓬勃的小学生和他们的书包，一个仿佛是为了对比而出现的画面掠过心头，我想起我童年的书包来了！

我上小学，最初是在老家——乌蒙山区一个贫寒而美丽的小山村。那是将近四十年前的事了。那时，我家境况不好，本来是十几口人的大家庭也分了家。一间关过猪牛的厢房，成了我们的住屋。潮湿和窄小不用说了，土墙和门板上的猪牛和粪草的气息总也散不掉。父亲不在家，他很早就在外谋生。母亲带着我和妹妹，住在这厢房里，过着吃不上盐巴的日子！

那时候，我已经到了上学的年龄。看到隔壁邻居的伙伴大呼小叫地往小学堂跑，我也慌了。把母亲夹鞋样、夹丝线的几本破书翻出来，找两块和书本大小差不多的薄木板，又刮又磨弄光滑了，夹住书本，用麻线捆牢，拎着也往学堂跑。不用说，我又拎着我的破书，垂头丧气地、眼睛红红地回来了。读的不是这种发黄的残角缺页的破书，是崭新的语文书、算术书！要用钱买，要交学费！我买不起课本，也交不起学费！我只能远远地看着那崭新的漂亮的被伙伴们翻得哗啦哗啦响的课本，只能远远地模糊地看伙伴们的笑脸，听着他们夸张的、兴奋的叫喊！我拎着我的破书，忍着我的泪水往回跑，往回跑……

可是，我看到了怎样的情景啊！

在我家低矮破旧的厢房门口，母亲坐在草墩上做针线，薄薄的阳光，刨食的鸡，伸懒腰的狗。平和，宁

静。母亲是那么年轻，乌黑的头发浮着一层亮光。母亲抬眼看见我，粲然一笑说：“都要进学堂读书了，还

疯跑哪样？”什么？进学堂读书？我疑惑、惊喜，叫了声：“妈！”扑进母亲怀里大哭起来。母亲抚揉着我的头，温热的泪滴在我的脸上、脖子上。我嗅到特殊的只有母亲身上才有的气息和香味。母亲扯起衣裳擦眼泪，说：“快挎上书包让妈看看。”原来母亲是在给我做书包！朴素的纯净的蓝色，盖面滚了边，嵌一枚绒布的鲜红的五角星；书包带长了点，母亲说我还在长高。母亲为我拉拉皱巴巴的衣角，理理额头上的乱发，泪光莹莹地把我看了又看……

我挎着母亲亲手为我缝的书包上学了。我知道母亲为了让我上学，为了给我缝个新书包，帮人家推磨、舂碓，又熬夜为人家挑花做针线了。这难道仅仅是个普通的书包吗？它装满着母亲的希望和母亲的爱呀！它使我在学业上不敢有所荒疏，不敢懒惰。尽管后来我换了书包，但母亲给我做的书包，以及母亲做书包时的情景，我总也忘不了。

当然啦，我童年的书包，是没有今天少年朋友们的书包漂亮，没有那么多的色彩和图案。但是少年朋友，我们的书包有一点是相同的，那就是满载着父母的期望和父母的爱！

古塔

这条有名的街上，有一座塔，一座古老的塔。

斑驳的，孤独的，它是那样的苍老。它已经活了一千多年。它诞生在李白的时代。那是想象酒碗里有诗有月亮的时代，建立功勋的时代。许多伟大的工匠到处烧砖造塔。他们想象千年以后塔还站着，甚至想象某个人从塔下走过的心情。这座塔果然站着。千年的风霜和雨雪，还有阳光和月色。它以前肯定是雄伟的，刚健的，快乐的。它经历过历史书讲述的那些惊天动地的日子。

它能站到今天真不容易，它站成一位历史老人。高标天际，大朵大朵的云都来朝拜它。从它的风铃里洒下福音的花瓣。

它被雕刻在这座城市的市徽上，成为这座城市的图腾。

不知从什么时候起，行人不再仰望古塔的宝顶，更不要说驻足浏览塔上的碑文。

无数的高楼和它比肩而立，远远地高出它的顶冠。人们从窗口探出头来，嘲笑它的矮小。

它是太老了。霓虹灯的闪烁和夜总会的吵闹，可能还搅得它彻夜难眠。

孤独的，苍老的，不合时宜的古塔呵！

一个寒冷的冬天。一位童话作家想象着古塔在寒风中瑟瑟发抖。

这时候，出了一件超出想象的事情——

下雪的早晨，雪花染白了街树，染白了房屋，也染白了道路，唯独没有染白古塔，古塔上没有一片雪花！

于是“古塔显灵，塔身发烫”的传闻，疯狂了这座

城市的居民。

人们都来瞻仰被他们淡忘了的古塔。焚香，叩头，纸钱的灰烬漫天飞舞，人们口中念念有词，演奏古乐的老人眼睛微闭，钟磬鼓瑟，乐音飘摇。朝圣的人群如潮水涌动，阻塞了交通。汽车喇叭声、单车铃声和叫骂声，响成一片。

有人出来辟谣：古塔还是冰冷的。

立即有人证实：一个捡垃圾的孩子，曾经冻僵在古塔下……

众人哗然。

“呸！”一个人朝古塔吐口水。

“呸！呸！呸！”所有的人都朝古塔吐口水，肮脏的腥臭的口水，糊满塔身。

虔诚的人们不再虔诚，纷纷离去……

古塔颓然地站着。斑驳的，孤独的，苍老的。

童话作家默默地从塔下走过。

他想，古塔是无辜的，忧伤的。

他想，也许古塔真的浑身发烫，是因为那个冻僵的孩子温暖了它。

听说孩子已经得到抢救，这多少减轻了古塔的一些痛苦，可是古塔不会再快乐了。童话作家想，古塔原是要为孩子遮挡风寒的，谁知反倒是孩子把自己的体温给了它！孩子的颤抖摇动着它的塔身，它风铃里灌满的忧伤没有人听到。古塔是可怜的。童话作家长长地叹了一口气。

呵，你们城市里有古塔吗？

泉泉的生日

泉泉过10岁生日了，奶奶答应给她买一个蛋糕，是像茶盘那么大的生日蛋糕！泉泉得意极了。

奶奶58岁，原是一家工厂的会计，退休三年了，但并没有闲在家里。刚办了退休手续，一家街道小厂就请她去当会计了。她早出晚归，中午也不能回家。这样，中午家里有点什么事，她就不知道了。

泉泉中午回家午休，书包还没放下就宣布了她的一个决定：邀请她的两个好朋友李莉和白蔚蔚晚上来吃生日蛋糕。

应该说，这个决定不算错。但泉泉也太自作主张了，她才上四年级呢。泉泉妈妈有点不高兴，一边给她盛饭，一边说：“泉泉，你怎么就自己决定啦？”

泉泉看了看妈妈，伸了伸舌头，说：“我想……是我的生日嘛！”

我说：“泉泉，你的想法不错。不过，最好事先和爸爸妈妈商量一下。请客人，得有点准备呀！再说，你敢保证奶奶能买到大蛋糕吗？听说生日蛋糕很不好买呢！”

泉泉抬起头，有点慌了。

“还有，”妈妈说，“你也不想想，奶奶会高兴吗？”我用眼神暗示妈妈，请她到此为止。我知道，泉泉奶奶是上了年纪的人，俭省惯了，从不乱花一分钱。今天难得她老人家高兴，自己提出买蛋糕，但她只是给泉泉和姐姐吃的。

吃完饭，泉泉和姐姐收拾碗筷，抹桌子扫地，一声不响。看得出，泉泉有点不开心，有点担忧。她悄悄问我：“爸爸，奶奶会买蛋糕来吗？”

“别担心，”我说，“奶奶办事可稳妥了，蛋糕一定能买到！”

“那，”她看了我一眼，低下头轻轻地问，“李莉她们还请不请？”

“请！怎能临时改变主意。”

泉泉一听绽开了笑脸。

奶奶果真买来了大蛋糕。可一听还有泉泉的两个同学来做客，脸一下子耷拉了下来。我急忙说，我们已经批评了泉泉的自作主张，但既然请了，又是她的生日，还是高高兴兴的吧。奶奶没有再说什么，进厨房去了。

泉泉一放学回来就看见了大蛋糕，奶奶长奶奶短，叫得很甜。甜甜的叫声，融化了奶奶满脸的不高兴。奶奶毕竟是奶奶啊！

添了一两个菜，饭吃得比往日晚了一点。正吃着饭，李莉和白蔚蔚来了。泉泉赶紧招呼她们。两个孩子比较腼腆。白蔚蔚并不怎么白，比泉泉高半个头，一双眼睛又活泼又水灵。李莉呢，有点瘦，样子挺机灵，清清秀秀的，也比泉泉高。她们都吃过饭了。我打开彩电，两个小客人一点兴趣也没有。泉泉抱来许多绘本，她们就各自看绘本了。

吃完饭，泉泉领着她的同学到阳台上看花，不时传来她们的说笑声。真是一个温馨明丽的春夜。

收录机放着轻快的乐曲。泉泉和她的同学再进屋的时候，桌子上已经摆好了生日蛋糕，还有花生、糖果、核桃和瓜子。泉泉惊奇地看着这一切，看看奶奶，看看我，又看看妈妈和姐姐。她准是没有想到居然有这么多东西招待她的同学，她高兴极了。

李莉和白蔚蔚也很高兴，拿出一包糖，这是她俩合买的。接着李莉送了一块很好看的小手帕，白蔚蔚送了一本图画速写本。她们祝泉泉生日快乐，泉泉连声说："谢谢！谢谢！等你们过生日的时候，我一定去祝贺……"

要吃蛋糕了，泉泉把带花的两块分别给李莉和白蔚蔚。奶奶只吃了一小块，说太腻了。蛋糕还剩一大块，大家都说吃不下了。

九点左右，泉泉的同学要走了。泉泉叫她们带点糖果、瓜子。她们各自抓了一点。我上前去，抓了一大把，要给李莉，李莉捂着口袋，腼腆地拒绝了。我说："好吧，你自己抓，再抓点！"她看着我，脸红红地抓了一点点，说："谢谢叔叔！"

泉泉把她俩送下楼，哼着歌跑回来。收桌子扫地，我叫她和姐姐赶快梳洗睡觉。奶奶端着脸盆过来，说：

“泉泉，你这两个同学好不好？”

“好！”泉泉回答得很干脆。

“李莉呢？”奶奶看着泉泉说，“李莉也很好吗？”

“当然很好！”

“可，我看见她……”

“看见什么啦？”泉泉不等奶奶说完，接下话头，“看见她一边吃瓜子，一边往口袋里装，是不是？”

我们都惊愕了。

原来，泉泉也看见了。我原想李莉喜欢吃瓜子，告别的时候，特意多抓点给她，而且装作根本不知道她口袋里已经有了。我知道，不能伤害孩子的自尊心。谁知，李莉悄悄装瓜子，大家都看见了，泉泉也看见了。

泉泉的样子，使大家愣了。她看看我，看看妈妈，又看看奶奶，说：

“你们没有看见她吃得很少吗？只看见她装了点瓜子！你们知道她有一个小弟弟，一个得了小儿麻痹症跛了脚的小弟弟吗？她，她是给弟弟装的……”泉泉激动地说着，说着说着就哭了起来，一抖一抖的，哭得好伤心。

我们又一次惊愕了，面面相觑，不知道说什么好。

泉泉，她爱她的同学，她不容许别人怀疑她的同学。她是委屈地哭了，也是抗议地哭了。她哭得那样伤心，那样动人，我哄着她，心里却暗自高兴。是啊，过了生日，泉泉的确长大了。

昆明的蝈蝈

昆明没有蝈蝈。这绿精灵生长在北方，是北方孩子的爱物，虽然它同时又是吃庄稼的害虫。蝈蝈第一次出现在昆明街头，第一次用它奇妙的清唱和热烈的声响，打破昆明那些幽深小巷的寂静，那还是两年前的秋天吧！

正是中午时分，我裹在人流车流中匆匆回家。从满是梧桐树浓荫的金碧路穿出来，见得胜桥上围着一大堆人。停了车还没挤上前，就听到一阵从未听过的起起伏伏的鸣声，从人堆里飞荡出来，像疾风密雨落在树林里，落在水面上，又像群马奔驰而去，忽又飘然而来。这鸣声急切、热烈，充满渴望。仿佛是一种召唤，激起异样的冲动，我抖擞了一下，终于挤了进去。

一担拳头大小的六角形麦秸笼，笼子里是一只绿得发亮的、碧玉般的、胖胖的大肚子虫儿，人们围着的，正是这一担繁密的歌声和不知疲倦的鸣唱！“什么东西？咋个玩？”许多人一遍又一遍地问。“蝈蝈，听唱呗！”一个淳厚的北方口音一遍又一遍地答。我注意看他：红脸庞，个子不高，敦实，戴顶发黑的草帽；白布短褂印满汗渍，黑亮有力的臂膀鼓着粗粗的血管。他嚼着冷馒头，馒头屑沾在硬而黑的胡子上，那担子草垛一样，几乎比他还高，怕是有数百只笼子，吱吱沙沙的，都在唱。

汉子说他从河北来，第一次到昆明。想不到昆明人把蝈蝈看得这样稀奇。他的蝈蝈四角钱一笼，不贵，单是那有棱有角的麦秸笼子，就逗人爱，何况还是从老远的北方来的呢！买的人很多。密集如雨的和声，顿时化为清脆的独唱，播撒在大街小巷。问清了怎样喂养，我也买了一笼，挂在单车龙头上。阳光下，笼子金黄，蝈蝈翠绿，一路的欢歌，乐得我情不自禁地吹起口哨来。

回到家，我把蝈蝈笼一举，女儿自是欢喜。不知是从电视上，还是从书本上认识这小生物的，她竟叫着“蝈蝈”，跳起来把笼子捧在手上。随后，我和女儿把笼子挂在阳台的盆花中间，拿了些菜叶、饭粒喂蝈蝈。蝈

蝈抖动头上的触须，晶亮的复眼一闪一闪，就是在品尝美味佳肴的时候，也没有忘记回赠我们以绿色的歌声。这歌声竟不间断地陪伴了我们许多天，女儿甚至写了篇作文，驰骋她在蝈蝈声里的遐想。而我，却想着那第一个把蝈蝈声带到昆明的红脸庞的北方汉子。他站在一担蝈蝈之间，回答着惊奇、惊喜的昆明人的问话，一边嚼馒头，一边卖蝈蝈的情景，竟是那样叫我动情！

去夏今秋，有更多的卖蝈蝈的北方人到昆明来。他们都挑着蝈蝈笼，后面跟着大群的孩子，欢歌和着笑声。我曾经有意识地在这些农人中寻找那位汉子，可惜没有找到。后来无意中从一个卖蝈蝈的年轻后生那里得知：他去年在贵阳上火车的时候，把腿跌断了。是这样！

我就猜想他是出什么事了。他无疑是要把蝈蝈再度挑来昆明的，谁知悦耳的欢鸣瞬间竟变成凄厉的哭声！一种莫名的惆怅涌上我的心头，在和年轻后生的攀谈中，我知道了他们的艰辛。遥遥数千里，他们只能搭乘货车，随时都有被甩在某个小站的可能。好不容易到了昆明，人生地不熟，加上蝈蝈鸣声嘈杂，旅馆怕影响旅客休息，都不愿留他们住宿，他们只好栖身车站，或是桥头巷口。夜里气温下降，怕冻坏蝈蝈，只得将不多的衣物一应盖在蝈蝈笼上。长长秋夜，蝈蝈唱，他们抖。“挣这几文钱，不容易！”年轻后生拎起一笼蝈蝈说，“不过，也怪，看到一笼一笼蝈蝈被人拎走，看到孩子们捧着蝈蝈笼子那逗人的样子，倒叫人忘记了那些难熬的夜晚。来，你也买上一笼吧？”

我接过笼子，接过蝈蝈的歌声。是的，这些天的昆明，恐怕没有一条小巷，没有一座庭院，听不到北方蝈蝈的歌声吧？可是，人们能从这单调的音响中，听到丰富的吟唱吗？

老陀轶事

老陀不姓陀，姓赵，而且不老。

这家伙是我小学同学，中学考在一个班。我转学到一小的时候，同学们都喊他“老陀”，我也跟着喊。后来熟了，他约我到他家玩。小巷又窄又深，弯来拐去，院子却大。一口水井，井栏是由整块青石凿成的，有深深的绳印；一棵痒痒树，红花耀眼，落了一地碎花。老陀的爷爷倒是老了，一大把白胡子挂在胸前。走廊的圆柱旁，老先生斜坐在藤椅上，戴副老花镜，一手握着本老古书，一手抱着紫砂茶壶，一派仙风道骨。

老陀喊了声“爷爷”，还不等老先生抬起头，拉着我就往屋里跑，老爷爷笑骂一声“没规矩”，随我们去了。

老陀一直把我带到楼上，从他的床底下拖出个木箱，哇，一箱小人书！三国、水浒、西游、聊斋、西厢、红楼……老陀说用不着大惊小怪，随便看就是了。我

找了几本聊斋，一屁股坐在楼板上看了起来。正看得入迷，被狐仙鬼怪惊得毛骨悚然，一声“法宝来也”，老陀的宝剑向我刺来，我朝后一倒，那宝剑上挑着一本书正在晃悠。定睛一看，那书却是《封神演义》，我一把抓了过来！原来老陀这家伙，除了小人书，还有大部头呀！肯定是这些书看多了，老陀经常“神经兮兮”的，因此又有绰号“赵神经”。

他常常带着一群小伙伴，在街头巷尾打野仗，爬树，上房头，踩烂瓦片，被大人骂。不过你得承认，这家伙的确聪明，画个孙悟空或是刘、关、张或是赵子龙，提笔就成，活灵活现。

进了中学，老陀旧习未改，又添轶事，挑几件简记如下。

那阵，老陀自备了一个铁盖子的小玻璃瓶，内装辣子盐巴。铁盖用钉子密密麻麻扎了些孔洞，吃饭的时候，摇着瓶子一抖，辣子盐巴就均匀地撒在饭上了。看他吃得有滋有味，同学们都纷纷效法。可是有一次老陀出了纰漏，损失惨重。也不知道他老兄怎么搞的，从课桌里拿错瓶子，结果半瓶墨水倒在了饭盆里。同学们都惊叫起来，老陀大吼一声，以百米冲刺的速度，冲去“洗饭”。不论同学们帮着想了多少办法，一盆“蓝饭”怎么也洗不白了。洗到最后，老陀发怒了，义愤填膺地吼道：“哼！不管是黑是白，我都要吃掉你！”他吃得很凶，一个女生悄悄说：“不好，发神经了。”

上中学那几年，我们经常下乡。积肥、抗旱、修水利、抢收抢种、炼芳香油、向野生植物进军，等等。苦和累不用说了，最最关键的是吃不饱肚子。

那年夏天，我们到洱海边的一个村子“支农”。先是收割麦子，后是送肥，再后来是放水犁田，接着就是“夏至芒芒，点火栽秧”了。我们住在生产队的仓房里。所谓仓房，堆放的是农具，没有一粒粮食。要是有粮食，绝对不敢让我们住在里面。不过毕竟是仓房，还残留着粮食的气味，这气味越发让同学们饿得发慌，饿得睡不着觉。就是睡着了，肯定也在做吃饭的梦。梦还没有醒，就起床出工了。每天就想着那顿填不饱肚子的午饭，好像夜里的梦还没做完。我们都很羡慕女生，她们可以轮流在家帮厨、守晒场，做点轻活，说不定还可以多吃到一点什么呢。

有天早晨，老师在出工前问还有没有请“例假”的，蓄谋已久的老陀立即举手说：“我请‘例假’！”女生们把脸都笑红了。老师没有笑，说了句：“你不符合请假条件。”老陀先是不服，看看气氛不对，只好扭着脖子说：“不请就不请，有哪样好笑！”过后，聪明的老陀弄清了“例假”是怎么回事，自己也不好意思了，特别是当着女生的面。

说到老陀的聪明，同学们有目共睹，一致公认他聪明得有点“鬼”了。

有一年秋天，我们去“向野生植物进军”。所谓“向野生植物进军”，就是到山上去捡野果，如锥栗、麻栗果之类。这些果实含淀粉，可以当粮食，至少可以喂猪。那次我们去得很远，“进军”到漾濞县一个叫阿扣场的老林里，捡了许多麻栗果。

有天晚上收工回来的时候，老陀跳过一个沟就在地上打滚，哇哇哇叫肚子疼。张老美跑过去扶他，他趴在地上不起来，说是疼得站不起来了。张老美说：“那我背你吧！”同学们扶的扶，推的推，把老陀抬上张老美的背脊，张老美拿出“张大力”的本事，哼哧哼哧背着跑起来。一口气跑到我们住的寨子，满头大汗的，又由同学扶着，一步一蹬，爬上竹楼。

谁知老陀刚一落地，还没等问他好点没有，他自己就笑了起来。“嗨！你肚子不疼呀？”张老美吼起来，脸上的汗珠子甩了一地。老陀只顾笑，气得张老美扑上去要揍他，被众人死死拖住。张老美气不住，说老陀这混蛋，在上楼梯的时候还放了个屁。“呸！把我的手都放臭了！”张老美一边骂，一边冲下楼去洗手。我们笑问老陀，到底肚子是真疼还是假疼？老陀说，一开始是疼，放了个屁就不疼了。我想老陀的话可能是真的，当然也不排除他要捉弄捉弄张老美。

前几天同学相聚，说起老陀轶事，同学们笑得前仰后合，回到了少年时代。

马的士

我们从湾桥坐马车去喜洲。

湾桥是一个白族村庄，公路穿村而过。路边有些铺面，卖扎染卖杂货，还有小书店、小邮政所。树荫下，也有一些卖凉粉、卖水果的摊。最多的是彩篷马车。这种马车流行于云南各地，大理特别多，人称“马的士”。三排座位，可以坐六七个人。我们都说坐回“马的”玩玩，很有乡村情调。

这条通往西藏的有名的滇藏公路，因为新修了高速路，在它路面上跑的车辆就少了。“马的”一看，高兴得不得了，乘虚而入，大行其道。

马上有几个“马的哥”走过来，笑眯眯地揽生意。

我们选了其中不太花哨的“马的”，条件是随时可以停车。“的哥”的手指头做着数钞票的动作，眼睛还是笑眯眯的。我们说当然会另加钱。他放心了，一抖缰绳，青灰马笼头上的铃铛哐啷哐啷地响，“马的”出发了。

我们的这位“的哥”是个瘦高汉子，四十多岁，戴顶旧草帽，灰布衣裳罩一件深色扎染褂褂。我们问：“贵姓？”他说：“免贵，姓段。”又问：“真的有座‘弯桥’吗？”“有啊，就在前面。”他说着，扬鞭一挥，“马的”狂跑起来，我们赶紧抓住扶手。在一阵乱喊乱叫中，我们体验了一次失重，像随着“马的”倏地掉落下来似的，从一个圆弧形的沟底冲过。等车速减缓下来，的哥推了推草帽，不无得意地说：“这就是‘弯桥’！”

“停车停车，快停车！”我们边叫边跳下车来，折回头去再走一回“弯桥”。“弯桥”是用大块大块的花岗石镶嵌的，光滑的石面上已经有许多裂痕、凹痕。的哥在树荫下等我们。对我们的大惊小怪，他肯定有点好笑。回到车上，的哥告诉我们，水少的季节，水从涵洞里流走，发大水的时候，水就从“桥上”流淌。多么聪明的设计！

这是一次小小的刺激。我们都兴奋起来。

我们的兴奋，显然感染了公路两边高大的上了年纪的杨树。它们也哗哗哗地笑着，议论说好久没有见过这么多像小娃娃一样好玩的人了。

“马的”慢慢跑着。放眼看去，苍山太高太大，有一种唯我独尊的严肃。好看的是路两边的田地、水渠、树和村庄。快要成熟的麦子，在风中摇曳，有时轻轻地荡漾如波浪，有时却疯狂地摇成旋涡，像快乐的土著人跳起了草裙舞。蚕豆已经被割倒在地，它们的青春养育了一粒粒豆子，现在，它们发黑的叶子被太阳无情地晒着。蚕豆被运走的空地上，有黄牛、黑马在吃草。秧苗的鲜绿，无与伦比！撒稻种时就委派当了守护神的稻草人，依然骄傲地站在秧田中间，丑得可笑又可爱，活灵活现地照看着娇滴滴的、满身都是水的香气的“秧苗小姑娘们”。

公路下边的土路上，迎面走来一辆拉青草的马车。一个四五岁的白族小姑娘，花一样坐在青草堆上，只顾吹着手里的蒲公英。一匹娇憨的小毛驴，走在车后边，天生丽质，优雅可人，走出一种回头率很高的时装步。几个年轻妇女在满是卵石的溪流里，又说又笑地洗衣裳，红红绿绿的衣裳，晾晒在野蔷薇、苦刺花和茸茸的草埂上。田边地角，都是田地主人劳作的身影。挑水桶的、割草的，还有犁地的。粉墙青瓦的村庄后面，洱海反射着大片大片的阳光。晒场上，天井里，勤劳的白族妇女甩着连枷打蚕豆，孩子们在墙根做着玩豆豆的游戏，而一团粉绿色的粉尘，则笼罩着粉碎机的轰响……

所有这一切，都不能不叫我们喊“停车”。

的哥总是耐心地、笑眯眯地等着我们，青灰马就有些不高兴了。看到同伴们拉着车从旁边跑过，它简直不堪忍受它们那种得意扬扬的神气，连铃铛的响声也是一种明目张胆的嘲笑。它气得把眼睛闭起来，心里却在骂：“这几个啰唆的怪人。”我们自然也有点不好意思了，赶紧上车，往喜洲那两棵巨大的风水树驶去。

我向的哥暗示，想过一把赶车的瘾，的哥看看前后无车，让我坐到了他的位子上。马先生显然还在生我们的气，很不情愿地迈着步子。我刚要挥鞭，它就像早有准备似的，“嘣嘣嘣”一串马屁放过来，我猝不及防，一车人则笑得差点晕了过去。

宜良米

朋友告诉我，宜良古称“弥良”，是为彝语，意即“山谷间的平坝”。我也注意到，在宜良，无论老幼，说到自己的家乡，依然把“宜良”呼之为“弥良”，说是改不过来了。这里该有多少历史的抑或民间的乡土的记忆？当然，这要留待专家去研究考证了。而水丰土沃的“山谷间的平坝”，亦即“宜良坝子”，则有了“滇中粮仓”的美誉。环绕这个坝子的，有北魏郦道元《水经注》所谓“温水”的南盘江等大小河流数十条，又有明清先后开凿的“汤池渠”“文公渠”，把波光粼粼的泱泱“大泽”又称“太池”的阳宗海水，东引而来，灌溉宜良，滋润宜良。宜良，“宜粮”乎？

我想起宜良稻田宜良米来了。

是一个骤雨初歇的夏天吧，我乘车经过宜良。一抹平展的暖翠大绿，占据了我惊诧的眼睛。这是宜良稻田，几乎和雨后的晶蓝的天幕、饱含雨气的山峦融为一体的稻田！胖胖的云朵的船，悬浮在蓝天和绿野之间。蜻蜓搅动略有些水腥味的空气。有农人戴着草帽，高挽裤腿，荷锄从田埂上走过。低头劳作的妇女，突然直起腰来，一脸灿亮，闪过我们的车窗……

再次过宜良，已是收稻时节的秋季。夏天的暖翠大绿，换装成浓重的金黄的秋衣。秋阳高照，大片的稻田反射着金沙似的光点。低垂的稻穗，显出贵妇人般的慵懒，又有一种难以抵挡的成熟的喜悦。阳光在稻毯上睡觉。在暖风的摇晃中，惊醒的阳光忍不住俏皮了，不停地撩拨长着绒毛的谷粒。远远近近，开始有挥镰收割的农人。衣裳的红色、蓝色、白色，以及油亮的臂膀，依然趾高气扬的稻草人，仿佛都是稻田原野绽放的花朵。田头地角，置放着巨大的敞口的竹筐。脚踏脱粒机愉快地转动，谷粒和着阳光杂乱地飞溅。新谷

的清香，愉快而诗意地弥漫充盈了宜良坝子！

于是不久，宜良新米就出现在昆明的街头巷尾了。

宜良新米，以一种独特的淡淡的粉绿，以及偶尔的一点稻叶的碎屑，告诉你它的新鲜与纯净。而那新米的香味，更是让你在掏钱买米时，忍不住要和米主人拉扯几句家常话，以表达你的感谢。是的，云南有好多地方有“新米节”或“尝新节”的习俗。对昆明人来说，吃宜良新米，也许没有那么隆重、那么虔诚，也不必举行某种宗教仪式。但是，买到的新米毕竟不多，第一顿新米饭，总是要等一家人一齐享用。特别是孩子们，说到吃新米饭，似乎就有了过年的感觉。晶莹剔透的一粒粒米饭，它的滑润，它的糯香而甜，久久地停留在你的舌尖。当你起身想再去盛一碗的时候，你忍住了，还是留给老人和孩子吧。你在心里说：“明年一定多买点！”

可是不知道从什么时候起，昆明街头已经见不到宜良米了。

宜良坝子正在生长高楼，生长大棚花卉和苗木，这些赚钱。

宜良坝子稻田的暖翠大绿和浓重金黄，那油画一样套色木刻一样凸显的色块，正在加速消失。我恐慌起来。

相约普者黑

一整个夏天，清香的荷花和四射的水光，把普者黑浸润、渲染得格外迷人。

你说，到了普者黑，最要紧的是游湖、赏花、打水仗。那是当然。我们是中午到的。被香风水光一撩拨，太阳有点加倍的热。不过饭是要吃的，“吃饱饭好打水仗！”一群年轻人笑嚷起来。

早就听说普者黑水好鱼鲜，还有荷叶煎饼、清汤海菜……岂能不尝尝？在一家整洁的庭院式的小馆子点菜吃饭。煮了一大锅鱼，不放油，更不放味精，就清水煮。汤白，一小圈一小圈的油星子，来自鱼本身，和绿的葱花、黄的姜丝自然地形成一幅现代派的图画。鱼真的是鲜、香、嫩，特别是那鱼头，汁水饱满地化在嘴里的那种感觉，我还是第一次体验到。若在丘北糊辣子蘸水里蘸一下，那又是别样的滋味，只听朋友大呼“好吃”。荷叶饼呢，以米面鲜荷叶调和，文火煎制而成，那一股糯香，似乎还带着普者黑的水汽，难怪主人说，多吃也不会上火。不过我还是不要多吃吧。你看，还有那么多好吃的：鸡油菌、奶浆菌、海菜煮芋头、不咸不腻的老腊肉、烤小鱼、烧泥鳅……都在诱人下箸。

好了，赶快去码头上船吧！榕树、叶子花、太阳伞装点的一条甬道，挤满了卖水瓢、水桶、水枪，还有卖雨衣、凉鞋的摊子，热热闹闹地叫喊着游湖打水仗的诱惑。立即上船，在晃动的船上穿救生衣。

阳光铺在湖面上，融化在湖水里。我们坐在船上，坐在阳光上！天是那样蓝，云是那样白，大片大片的荷花，在碧绿的裙幅飘扬中，伸直修长的脖颈，做出优雅健美的深呼吸的体态，叫人爱怜得心疼。那淡淡的清香，就来自它们的呼吸和它们净洁的花瓣与绿叶吗？而此时此刻，怎么能不让你想起古人、今人写荷花的妙文佳句呢？水是那样清，长长地飘荡着徐志摩诗句里的油绿的青苔和水草。在阳光的照射下，青苔水草像舞蹈家一样摇晃摆动。我伸手想抓住那闪烁不定的银的金的光带，只感到一股清凉顺着手的筋脉，舒服地生长起来。

就在这时，真所谓一石激起千层浪，我们年轻的伙伴们，与另一船年轻人叫闹着打起水仗来了！水盆、水桶、水瓢、水枪在挥舞、泼洒、激射，银亮的水花，带着阳光，带着年轻的惊叫，飞溅迸发，让文静的荷花猝不及防地睁大了眼睛。你看这一家子，爸爸是赤膊上阵，大桶的水泼向对方；已经浑身湿透的妈妈和小女孩，正用笑声和叫喊声迎接水花的袭击……上海来的四条汉子，穿着不同颜色的衬衫，被泼得一塌糊涂，可是在我的镜头里，他们依然笑得满脸水花！是啊，不论来自何方，到了普者黑就是一种约定：游湖、赏花、打水仗！在荷花摇曳成一派迷蒙水香的湖上的激战，一整个是淋漓尽致的青春快乐的绽放。

观战的间隙，我留意到有的小船划进了荷花丛中，在热闹中隐没于清凉的安静。一条小船悠悠地划过来，船主人烤好了小鱼、泥鳅，烤好了洋芋和烧豆腐，甚至还有荷叶饼！诱人的香味，让打水仗的人们休战片刻，在品尝普者黑湖上风味的同时，补充一点体力。

本来说好，这次你要和我们一块儿来。可是你突然有事，没来成。这是可以理解的。突然的事总是很突然。不过还有机会。下次，不论是“花脸节”，还是一个平常的日子，我们一定相约普者黑。你知道，“普者黑”彝语意为“鱼虾多的湖潭”。湖泊众多的普者黑，鱼虾自然很多，单是荷花，据说就有 5000 亩呢！那就说好了，下次我们划上小船，躲到莲叶荷花里去。

那一带柳林

离开石鼓[1]，梦牵魂绕的是那一带柳林。

虽是多雨季节，来到石鼓，天却意外地放晴了。潮湿的阳光从长江第一湾的江面反射过来，亲切如江水的微笑。就在阳光流动、摇晃的江边，一带柳林，浓重、庄严，使我的眼睛发亮。

自然，在石鼓镇，有不少值得造访瞻仰的古迹、名

① 石鼓镇为历史上云南军事要塞。第二次国内革命战争时期，中国工农红军第二、六军团（第二方面军）在此抢渡金沙江天堑，北上抗日，谱写出壮丽的历史篇章。

胜。但是当你一睹“石鼓”因以得名的那尊鼓形石碑的风采之后，当你在红军纪念塔前或低首徘徊或轻声吟咏之余，你最终是一定要去领略长江第一湾的壮观，用滔滔江水荡涤你的俗念以至于灵魂的。而这时，你也就来到了柳林。

从来没有见过这样高大、粗壮的柳树！一片深沉与静穆、刚毅中透出高贵的气质。苍黑色的树干，高标天际。卷曲的落叶、野花和细碎的阳光嬉戏于松软的沙地。几匹马文静地品尝嫩草，不时打着响鼻。小鸟呢喃，亮丽的翅膀一闪而过。静寂中，隐隐地传来江水雄浑有力的涛声，水波的亮光穿透树荫的浓密。前面就是金沙江。

在走出柳林之前，我因想到人们栽树护堤的壮举而激动。树往江里栽，土往江里推。多少棵树被冲走了，然而有一棵站住了，又有一棵站住了……年复一年，江水终于流成一弯无与伦比的月亮！拔地参天的柳林，是石鼓人竖起的绿色丰碑！我怎能不抚摩它劈波击浪百战犹酣的树身，怎能不抚摩它被江水雕刻而伤痕累累的裸根！而当年贺龙将军击石鼓以振士气，万千红军不就是在这柳林里誓师渡江的吗？这柳林不

是拴过红军的渡船吗？

蓦地响起密如急雨的蝉声。柳林在歌唱？

不觉已到江边。漫漫江流，苍黄而耀眼。远远的，一条渡船正横江而过，团团烟朵，化在水光山色之中。我沿江漫步，捡了许多卵石。一群孩子快乐地玩水。他们的笑声脆亮而甜，他们的身后是美丽的铜浇铁铸的柳林！哦，孩子们，想过吗，要是没有这一带柳林……

风吹豆豉

来来回回，到过弥勒好多次，每次都带回一样东西——风吹豆豉。

豆豉是民间平常的食品。云南的豆豉多了。有妥甸豆豉、易门豆豉、太和豆豉等，各有特点，各长其味。我们老家滇东北的干豆豉、辣子豆豉，在火塘边烤黄了，掰成小块小块的，撒点盐巴，和着酸汤下苞谷饭，不能说不是农家清贫中的享受。多少年了，对我来说，干豆豉的香味已经变得遥远。只是在尝到弥勒的风吹豆豉以后，那特殊的风味引起我对家乡口味的对比，才在绵绵乡情中怀念起干豆豉、辣子豆豉，想到那亲切温厚的辣香，怎样抚慰了我苦涩的童年。不过此刻，说的只是风吹豆豉。

我不知道这风吹豆豉是否如一些朋友喜欢说的也“积淀”了某种“文化”。不过，风吹豆豉看来似乎只能是弥勒这块土地的特产。黄豆是精选的，颗粒纯净。制作又是最地道的：蒸煮、发酵、配料，然后装罐。可是三个月后，打开陶罐，并无异香，但见一层薄薄的霉斑霜花。坏了吗？在倒掉几罐以后，有人觉得可惜，摊开在竹席上风干。结果，“霜花”自然是消失了，而咸香、浅辣、微甜，则在风中细细飘散，独特诱人。“风吹豆豉”因此得名。偶然中包含着必然。

那是许多年前的某一天，一个太阳晴好的日子。曾说弥勒的风都是甜的，这风吹豆豉是最好的物证。弥勒产糖，产葡萄，是糖乡和葡萄酒乡。风吹豆豉的咸香、浅辣，特别是微甜，不正是弥勒甜风熏染的吗？此外还有什么呢？如果你到过开着荞子花的阿细山寨，到过石头被太阳晒得发烫，远远的有一棵孤独的树，山坡上有一群羊的阿细山寨，或者你还有幸在阿细人的火塘边喝过茶，被阿细人邀请喝酒、吃肉，甚至和阿细人围着篝火“跳月”，那么你也许会在风吹豆豉里品尝到更多的滋味。

至于风吹豆豉的吃法，很是简单。讲究点的，炒上些火腿肉丁。平常人家，和着青辣子一炒，满院子香，实在是下饭的佳品！

总看见几个孩子，喜欢端了饭聚在巷口吃。白花花的米饭，一盘青菜，几片牛干巴，一撮豆豉，还你吃点我的，我吃点你的，煞是有趣。真想问问：油汪汪的黑红黑红的那一小撮，是风吹豆豉吗？

段先生

那时候，“先生”这个称呼已经收了起来。同学们还是叫他“段先生”。

段先生五十多岁，清瘦，下巴长撮黑黄的胡子；怕冷，老穿着那件薄薄的旧棉衣。他不教书，在学校里搞收发。我对他有一种近乎亲人般的温暖的感情。是不是因为我远离家门到这地方来求学，每次总是他亲手把带着他手温的母亲的信交给我？还是他常犯牙痛，苦楚而忧郁的面容感染了我？大概两者兼而有之吧。段先生的右腿有毛病，行走不便。他还是坚持送信、送报。段先生夹着大摞的书报，一颠一颠走去的单薄的背影，总叫人感动。而每当碰巧下课，男女学生们围住他，七嘴八舌地喊着“段先生”，乱哄哄地问信，问报纸杂志，他用手压住书报、信件，故作惊讶地说着“等我看看，等我看看”的时候，那神态情景又多少有点像孔乙己“多乎哉，不多也”了。

除了收发，段先生还做一些杂事。学生的学籍簿都归到他那里。高中、初中，几十个班，一千多名学生，每次考试的成绩，都由他一笔笔填上去。由此，他几乎记住了每一个学生。他写得一手好字。教导处勒令退学的通告和表扬优秀学生的喜报，同出于他的手笔。甚至一个通知，一个寻物启事，一封感谢信什么的，也非他莫属。他的字几乎成了同学们练习书法的范本，同学们记住他的字也记住了他。

前几天翻箱子，竟然翻出30年前初中入学考试的“准考证”，那名字和考号，分明是段先生的亲笔。还有几张发黄的奖状，还有两份订阅《少年文艺》的收据，都留下了段先生的墨迹。学生证离校时虽然已经交了，但我记得连每学期交了学费，写下“已交”二字的，也是段先生。一个人竟能做这么多的事，在现在简直是奇迹，又从不见他显得特别匆忙，他总是不紧不慢地、井井有条地做下去。他很少说话，而你时时处处都感到他的存在。

印象里段先生有两件爱物，一是黄铜墨盒，一是泥陶茶壶。墨盒方形，黄黄的，暗亮中隐隐透着一层温润的清光。几枝老梅，铁笔镂刻而成；几行小字，正是和靖先生林逋的咏梅佳句——“疏影横斜水清浅，暗香浮动月黄昏”。茶壶不大，绛红色，扁圆。壶肚上刻有“余香久远”四字，壶盖雕饰的是个小猴，已磨得面目全非。厚重的核桃木桌面，两件爱物，加上一个散乱地插满毛笔的粗大的笔筒，一摞账本般的学籍簿，一条大理石镇纸，这就是段先生的书案了。当他往桌前一坐，鼻梁上架副老花镜，一手把壶，一手握笔，悠然自得地抄写个什么通知、告示的时候，叫人忍俊不禁的，是他的冬烘状、夫子气。

然而段先生并不快乐。据说他的家就在城里。学校离城并不远，可他为什么很少回家？他家里还有什么人？也不见有人来看他。那年国庆节，食堂里有好菜，我见他独自一人喝酒，喝得脸色泛红，眼睛潮湿。黄昏了，起风了，要下雨的样子。这时他夹一把黑布伞，朝城里走去。秋凉的晚风吹着他。他一颠一颠的，不时要斜过身子躲避风沙和减少风的阻力的情景，任何时候想起来都历历在目。他还不怎么老，可是却使你感觉似乎已经到了风烛残年的老境。他孤独地踽踽而行，黄昏里，风沙那么大……

黑与白

黑与白，一对可爱正直的孩子：黑就是黑，白就是白，多么分明！

黑与白，一对友好的、相互依存的孩子——

有白天，就有黑夜。黑夜是白天的休息，白天是黑夜的希望。

洁白的纸，只有印上黑色的字，才有诗，才有散文、小说、戏剧，才有音乐，才有文明的花朵……

白白胖胖的脸上，能没有黑黑亮亮的眼睛吗？

黑色的煤，不是能燃烧成鲜红的火，发出白炽的光吗？

黑与白，是篇好文章，删去了繁枝旁叶，清晰、单纯，有力量！

黑与白，世界上最简单的颜色。

骑马上鸡山

好大的“鸡爪子”

旅行有时得带一点探险的味儿、冒险的味儿，才叫够味儿。比如上鸡山，要是不骑马，不走夜路，那就会缺少许多乐趣和感受，更没有什么惊险可言了。

鸡山在什么地方？在洱海以东的宾川县。宾川是个低凹的平坝，比洱海还低，热得很，出很甜的西瓜。前些年打穿一个山洞，把洱海水哗哗哗引过来种庄稼，洱海里的鱼趁机旅游，跑到宾川坝子来了。鸡山站在县城的西北边，隔着洱海与苍山互致仰慕之情。鸡山比苍山矮得多，但是，这一点也不影响鸡山的形象。鸡山就是鸡山。

鸡山又叫鸡足山，说是它的形状像大公鸡的爪子。那么这真是天地间第一大鸡爪了！这大鸡爪东西长 15 千米，南北宽 7.5 千米，最高的地方叫“金顶”，海拔有 3240 米！谁见过这么大的鸡爪？除非是仙人。对了，肯定是仙人。他站在高高的云端往下一看：“哇！好大的鸡爪子！”这么一叫，“鸡足山”就有名了。古人不是说“山不在高，有仙则名”么？单凭这一点，苍山也不能小看它了。

况且鸡山的确是一座佛教名山，几百年前，它就和峨眉山、五台山、九华山、普陀山这些名山一样有名了。因此，连孙中山先生都为它题词“饮光俨然”，徐悲鸿也为它写字画画。在那些缠绕着藤蔓、长着苍绿色青苔的大树间，在那些被暴雨飞瀑洗得发亮的岩石间，掩藏着许许多多庙宇禅院，这又应了大家都熟悉的“深山藏古寺”这句古诗。从古寺古庙里升起的青烟紫气，裹着断断续续的钟声、磬声、木鱼声、和尚念经的嗡嗡声，以及鸟声、树叶的沙沙声、流水的淙淙声、飞瀑的轰轰声……缭缭绕绕的，和树梢的、深谷的、岩石缝里的云雾搅缠在一起，翻腾在一起，笼罩了鸡山，笼罩出让你左顾右盼都有一点点害怕的那种神秘。听说过吗？在这里当过住持的虚云大师，活到百岁呢！你说神不神？而在那些湿润的、深绿又深沉的树林里，有麂子、穿山甲、刺猬、岩羊，还有松鸡、念佛鸟、鹦鹉、烧香雀、灵鹫，你信不信，还有野猪、豹子和老熊呢！这样的地方当然要去玩玩，而且一定要骑马！

起初居然不想骑马

可是起初我们居然不想骑马，真是的！

汽车可以一直开到鸡山脚下。高耸的石牌坊山门，一大片麻石场地上，热热闹闹地摆着卖香烛、卖木雕石雕、卖铜器瓷器陶器，卖各种刺绣、扎染的摊位，摆着卖豌豆粉、凉粉、凉米线的摊位，摆着卖蚕豆、瓜子、葵花子，卖烧洋芋、烧苞谷，卖梨、卖桃、卖西瓜的摊位。人们忙忙乱乱地在这些摊摊前穿过来穿过去，这样摸摸，那样看看，只是很少有人掏钱来满足这种好奇和兴奋。

阳光把一群备好鞍鞯的马匹，赶到左边的空地上。游客才钻出汽车，马主人就牵着马拥了过来，招呼骑马上山。那马鞍上披着大红的或是编织了图案的毯子，很是气派，所谓“人要衣裳，马要鞍装”，这就是了。许多马的头饰也很漂亮。最华丽的，头戴红缨，顶一簇火红的尾巴，脖子上挂一颗大响铃，花笼套正中镶一面小圆镜，说是“照妖镜”，保平安的。有的装扮蛮有趣，玻璃串珠不是像项链一样挂在马脖子上，而是穿在马套头上，脑门心再扎个大红绣球。有的马，脖子上挂的是一串小小的铜铃，数一数，一共有 18 颗，马头一晃，声音碎碎地响。

一些游客在和马主人讨价还价，乱哄哄的嘈杂，把本来就闷热的腥臊的空气搅得更稠、更热、更腥臊了。只有马是安静的，它们嚼着草料，打着响鼻，撒尿的撒尿，拉屎的拉屎，马铃铛叮叮当当地响着。骑上马的小孩和女人，一片夸张的惊叫。等不少人都笑呵呵地上了马背，这广告就真做活了。我也上前和一个赶马汉子讲价，老乔冲过来，不容分说拽了我就走。说骑什么马，平坦的路，正好散步。我把老乔从头到脚打量了一下，忍不住笑了，原来他老兄穿了一双新爬山鞋，不爬山走路岂不有点冤枉？于是眯着眼睛说：“好好，陪你的新爬山鞋走上一段。”

在鸡山骑马，不像在城里乘公交车，“无人售票，上车一元”，而是一段一段地讲价钱，比如第一站到祝圣寺，五公里路程一般就是两块钱一公里。不过也不能完全照此类推。从山门到祝圣寺，路不难走，只有一点缓坡，况且刚上路，马匹有的是力气和精神，七块八块也就谈成了。据说从祝圣寺开始，路就陡起来，马价也就随之攀升，你再按两块钱一公里，脾气怪的赶马人准会吼起来：“你舍不得钱，我还舍不得马呢！”这都是有经验的人告诉我们的。

陪着老乔的爬山鞋，我们上路的时候，几个没有揽到生意的赶马人，也牵了马，和我们走在一起，给这段路添了许多热闹。开始我们有点过意不去，劝他们不要跟着我们，反正我们是下决心走路了。他们说，没事，马吃饱了也得遛遛。一个叫杨涛的小伙子，还硬把老乔的挎包拿去挂在马鞍子上，说马闲着也是闲着。我们就和赶马人聊起来。问鸡山有多少寺庙，在金顶看日出要几点钟起床；又听他们讲“眼泪泉”的传说，讲“空心树”的传说。我问我们会不会遇到狗熊，杨涛竟然像老狗熊一样哈哈哈笑得马都惊起来：“狗熊怕人的气味，早就逃跑了。”大家闷闷地走了一会儿，又东一句西一句地讲起来，到祝圣寺的时候，遇上了一场大雨。

老乔掉到马肚子底下去了

这真是一场奇妙的大雨，带着夏天的阳光，一片哗响而来，又驾着山风飘飞远去。到处雨光闪闪，被太阳晒得有点慵懒的树呀、花呀、草呀，让雨点一敲打都兴奋起来，互相挤眉弄眼，说说笑笑，又明亮、又热闹。饱满的水珠，故意落在我们的脸上、脖子上，分享我们快乐的叫喊。雨后的祝圣寺，更有一种新鲜的辉煌。进香台的香火浸染了雨气，弥漫着寺庙里特有的浓香。

祝圣寺原名迎祥寺，创建于明代嘉靖年间。数百年后，虚云和尚入住时，多处已经倾圮。虚云发愿扩建禅寺。次年，虚云和尚进京入宫领《龙藏经》，并得到紫袈裟、铜钵、玉印、锡杖等赏赐。为了筹集更多的资金，他特意绕道马来西亚、缅甸、泰国去讲经说法。在曼谷的一次法会上，他打坐九天九夜，全城轰动，上至王公大臣，下到平民百姓，纷纷捐资赠物。虚云和尚用

300匹马把筹集到的钱财驮运回来，重修寺庙并改名“祝圣寺”。

我们在寺庙里转了一圈，找个小亭子坐下来喝茶。不远处的树下、路旁，赶马人和马匹在不停地走动，招揽游客。下雨的时候，赶马人都忙着先给马匹遮盖塑料布，马为他们挣钱，马也是他们的伙伴。这场雨给了他们机会，许多游客都选择了骑马。

我看见杨涛东张西望的，在寻找什么。当他的目光和我的目光碰在一起的时候，他叫了起来：“哎——”像见了老朋友似的，兴奋地直挥手。我有一种感动，觉得人与人之间有一种温情，这种温情很难用语言来表达，但是你感觉得到，它渗入到你的心里，在你的心里激起可爱的温柔的微笑。这个赶马的小伙子，其实我还不认识，只是和他走了一段路，听他讲了一些鸡山和狗熊的故事。但直觉告诉我，这个小伙子杨涛是朴实的，不坏。他知道我们不是有钱人，也知道我们不是那种舍不得花钱的人。他知道我们只是想在空气这样干净的山道上走走，他就陪着我们走，而且还让他的马驮着老乔的爬山包，说实在的，我很感动。

下雨的时候，我们各自忙着躲雨，走散了。现在，我们的目光又碰在一起了，他兴奋地喊我，向我挥手。我也站起来回应他，向他挥手。他牵着马过来，他希望我骑他的马。我看看老乔，老乔正在心疼他的爬山鞋，因为下雨，沾了一鞋的红泥巴。我趁机鼓动他骑马，他犹犹豫豫很不愿意，最后还是同意了。于是一行人都骑马，一下子来了七八匹马，成了一个小小的马队。

我自然是骑杨涛的马。这是一匹枣红马，安静地吃着草料，抬头看了我一眼，“噗吐”一个响鼻对我表示欢迎。我庆幸我找到了一匹温驯的乖马。可是老乔却一个骨碌掉到马肚子底下去了！老乔挑的是一匹黑马，很漂亮，手一触及那光滑浑圆的背脊，停在背脊上的阳光就颤动起来。赶马的是个脸红红的姑娘，低垂着睫毛，站在黑马旁边。老乔非常满意，还没等姑娘检查鞍具，他老兄就急着上马。谁知马兜带没勒紧，老乔手扶马鞍脚踩马镫，一用力，那马鞍就滑下马背，老乔毫无准备，顺势一滚就到了马肚子下面。姑娘赶紧去扶他，他只顾骂我偏要叫他骑马，一屁股红泥巴早已暴露无遗。一个赶马汉子来帮姑娘弄好鞍子，在大伙又笑又叫中，老乔重新上马，一路把我攻击得一塌糊涂，直到后来我也闹了一台惊险的“跑马遛遛”，才算扯平。

夜上金顶寺

从祝圣寺到慧灯庵，有几段路的确惊险，窄窄的山路紧贴崖壁，旁边就是望不到底的溪涧。对面的山崖上，飞瀑像天上射下来的阳光，迸散化作雨雾虹彩，一团一团地填满溪谷。在这些路段，赶马人都小心地牵着马，生怕有个闪失。胆小的人开始害怕，不敢讲话说笑，有几位干脆要求下马，不敢骑了。此刻，老乔倒表现出一种大将风度，在马上优哉游哉地东张西望，饱览风景。到了慧灯庵，在一棵紫薇花树下喝茶的时候，他大概还从茶味里品到了骑马的滋味，问我上金顶还骑不骑马。不等我回答，来续水的一位小师父笑了，说上金顶的路太陡，怕是要捆在马背上才上得去。“骑不成马啦？”看着老乔颇为惋惜的神情，我断定他对骑马已经“笑纳”了。

在慧灯庵吃的是鸡山有名的“僧人素餐”，其中有特产冷菌，有三百多年前被徐霞客赞不绝口的黄黍糕，有僧尼师父最拿手的罗汉菜。走出禅院时，但见松风扶摇，暮色飞动，一种雄阔壮丽的大美，使我们震撼不已。是留宿慧灯庵，还是坐缆车直上金顶，第二天一早看日出？我们一行人中爆出两种意见。争来论去，最后达成共识：上金顶。可是老乔又要起娃娃脾气来，坚决不坐缆车，而要“走”上去。这有点异想天开。但老乔固执地认为是最佳选择，而且拿出我们事先准备好的电筒，作为夜行的不可动摇的理由。争论和劝告都没有意义。既然老乔陪我骑过马，我就陪他夜上金顶吧。爬山包之类全部交给了坐缆车的同伴，我和老乔各自找了根结实的棍子，手握电筒，神秘兮兮地走上了攀登金顶的小路。

其实，老乔的选择也有道理。特别是天色还没有完全暗下去的时候，在大树、岩石间悠缓地拾级而上，悠然自得。树林里、山道上，清极，静极。松针和麻栎树叶落在润滑的显出花纹的石阶上。一阵一阵的树脂和草花的香味，像山林在呼吸，像树木花草之间在互致晚安，又像是对我和老乔表示欢迎，单独给我们一种特殊的礼遇。晚归的鸟儿扇着黑色的翅膀，急急地飞过。贪玩的小松鼠，在慌忙回家时和我们邂逅，老乔一跺脚，它吱的一声，转身上了路边一棵大树。挺拔的大树，坚定不移地比肩而立，让人肃然起敬。我和老乔东一句西一句地聊着，可是不一会儿黑夜就来了，紧张与恐惧代替了短暂的惬意。

也许就是在小松鼠消失的时候吧，夜色也顺着大树小树的树干生长起来，生长的速度之快，简直超出了我们的想象。大概不到五分钟，我和老乔就看不清彼此吃惊的样子了。山林里的所有亮光，都钻出树梢，升上夜空，去遥远的天际和星星相会。山林的夜黑得这样快也黑得这样厉害！一下子掉进了无边的黑暗里，我们所熟悉所热爱的那些美丽的色彩消失了，被黑暗与黑色吞没了。所有的色彩都失去了意义。

在黑暗的包围中，我和老乔先是站住，几乎是同时拿出电筒。电筒的光柱像孙悟空的金箍棒，朝树林里一扫，无情地打扰了刚刚入睡的鸟儿，吱吱嘎嘎的惊叫声里，夹杂着扑簌而起和树枝折断的鸣响。老乔说也不知道什么时候才能到达金顶，要节省电池，他建议两人并行，用一支电筒照路。老乔毕竟老谋深算，就照他的主意办。

我们走得小心谨慎。不知道老乔怎么样，我可是有点心虚了。这显然很可耻。可是我分明觉得，越在黑的地方，越在人看不见的地方，越能看清自己。我原来是那么胆小的。四周黑得很浓，很厚。我们像走在浓黑的、稠稠的水里。似乎有许多声音，怪怪的，像风声，像哭声，像笑声，像流水声，有时粗暴，有时细若游丝，有时尖厉，有时像人咳嗽，像人喘气。再一听，又什么都没有了，只有我和老乔的脚步声，只有木棍敲在石头上的空洞的声音，这声音很响，像是我们故意敲响了为自己壮胆。

我还是有些害怕。害怕野兽，害怕魔鬼。虽然杨涛说老狗熊早就跑掉了，那是白天呀，说不定到夜里它又跑回来了，就像人回自己的家一样，它又回来了。退一万步说，狗熊没有了，狼总还会有吧，蛇总还会有吧？书上说野兽怕火光和灯光，这是书上说的，我们又没有证实过，说不定灯光反倒“引狼而来”呢。好吧，就算野兽害怕灯光，可是我们的灯光在深黑的夜里是那么微弱，那么可怜，野兽才不怕呢。

你听，好像有什么东西在走动，在爬动。我神经紧张得不得了。左看看，右看看，什么也看不见。心想这林子里、山洞里，会不会有鬼怪？脑海里一下子跑出些鬼故事里的鬼怪来，似乎都在黑暗的林子里穿来穿去。远远的，好像有点点黄绿的亮光在闪动，不知是不是寺庙里的烛光。寺庙里的菩萨，夜里会不会出来巡行，互相拜访？会不会出来捉妖除恶，保护善良？我在心里默默地念起“阿弥陀佛”来。

突然老乔“哎呀”一声怪叫，惊出我一身冷汗。原来，他的衣服被岩石上垂下来的刺条挂住了。当我帮老乔扯刺条的时候，我发现他的肩膀在抖。我们坐在石阶上休息一会儿。一关掉电筒，我们就成了黑暗的一部分。我们在疑惑和惊惧中。老乔问我们到什么地方了，我说不知道，离金顶大概还早着呢。老乔说那我们还是继续走吧。他让我走在前面。可能我走快了点，老乔喘气的声音很大，热气哈在我的脖子上。我说老乔还是你走前面吧。老乔说不行了，这一段太陡了，走慢点。

说话间，听到有人喊我们。我和老乔都停下来。我的心跳得很厉害。喊我们的声音再次传来。“是老汤他们！”我和老乔叫了起来。接着我们看见在我们的左上方，就像在天上一样，有电筒光在闪亮。“哎——”我和老乔同时大叫，拼命摇电筒。接下来的情景是老汤他们接到了我们，场面非常动人。我们都非常亲热，像久别重逢。老乔说走夜路太好玩了，你们没有享受到太可惜了。我也说，真的，一点也不害怕。

“跑马遛遛”下鸡山

在金顶我们没有看到日出，我们看到了别样的风景。

夜里睡在一间禅房里，老做走夜路的梦，迷迷糊糊的。被同伴叫起来，直奔楞严塔观日台，冷冽的山风一吹，睡意全消。白色的楞严塔高40米，直立于金顶，曾充当抗日战争时期援华物资飞越驼峰的天然航标。此刻，东方一片灰蒙，层层黑云一直从山谷堆到天上。抬着照相机准备拍日出的人，走来走去找角度。冷得就像一副对联说的：“数椽不愿居山顶；六月还须坐火边。”看看手表，已经六点多了，云雾还睡着，一动不动。

六点二十五分，东方出现一线忸忸怩怩的亮色，人们认定那就是日出的地方。可是不一会儿这亮色不见了。突然来了一阵风，周围的树摇晃起来，发出呼呼声。风头一过，一切又归于平静。在平静中，云雾略有变化，有的白些，有的灰黑。不对呀，有人叫起来，都六点四十了！就在回头看说话人之际，一个姑娘尖叫一声：“苍山！”众人都抬起头来，那西边天上，一溜苍山雪峰金红耀眼，如同巨龙横空，起伏腾跃，瑰丽绝伦。原来太阳避开我们的眼目，把它的光芒绘染在苍山之巅了。再看东方，一轮朝阳早已跃出云海，笑眯眯地，高高在上。众人哗然，嗡嗡议论着散去。

说实在的，一天两天想把鸡山玩遍是太紧张了。下山之前，我们又匆匆游览了一些景点，一些庙宇殿阁，本来还想看看徐悲鸿等大师的书画，听说大都散佚了。在游览中，总让人想起一个人来，这就是明朝的大旅行家徐霞客。徐老先生曾两度游历鸡山。当年南京迎福寺高僧闻静，用血写成《法华经》，欲献之鸡山，遂与徐霞客结伴而行，来朝“鸡足”。途经广西时，高僧不幸病逝，临终前嘱托徐霞客将经卷送往鸡山尽他未了之愿。徐霞客感其德行，历尽艰辛，背负着高僧的骨灰和经卷来到鸡山，献经卷，葬高僧，在有名的《哭静闻禅侣六首》里，写下“别君已许携君骨，夜夜空山哭杜鹃”之句，“生死之痛，情见乎词”。以后，徐霞客又访鸡山，一住就是数月，写了许多诗文，还写了一部《鸡山志》，可惜散佚了。不久，徐霞客也病了，不能行走，丽江土司木公得知，派人用滑竿把他抬下山，转水路回到老家江苏淮阴。名人名山，叫人流连，大家来到慧灯庵，都说累了，要骑马下山。

好吧，骑马！

我是喜欢马的。小时候在老家乌蒙山区，放牛放马，就经常骑马。我还为新媳妇牵过马。由小男孩为新媳妇牵马，那是我们地方的风俗。我对马有一种亲切的梦幻般的情感。最近在《少年文艺》上看到介绍彭学军的一本书。彭学军说，不知从什么时候开始，一匹漂亮的、性情暴烈的骏马常常驰骋在她的梦境里。我似乎也有这种感觉。

而现在，一匹真实的骏马就在我的面前，正等着我去跨上它的鞍座。也是一匹枣红马，套头上挂一串铜铃。枣红马似乎和我有缘。不是杨涛那匹。赶马的是一个瘦瘦的少年，一头直立着的头发。从头发里淌出来的汗水，在脸上脖子上耳朵边留下干的痕迹。少年的军绿色的衣服上，斑斑点点的，都是泥痕汗印，还有草叶树叶的绿汁。一只裤腿斜斜地高挽着，脚上的胶鞋很脏。和壮实的枣红马站在一块儿，少年显得更瘦弱了。我要了他的马。少年扶着我上了马。马很矫健，走得很踏实。少年跟在马后头，扯了根树枝摇着。

我不是骑马老手，但多少懂得一点要诀。这就是：

上坡前倾，下坡后仰，夹紧马肚，攥牢缰绳。我问少年是不是这样。少年腼腆地一笑，表示赞同。我问他几岁了。少年说十三岁了。“读中学了吗？”“考是考上了。”少年有点忧郁地说。我们不再说话。马蹄不停地敲击着石头路。突然响起吹叶子的声音，尖细嘹亮，如歌如诉。回头一看，是我的赶马少年。我不知道他还会吹叶子，而且吹得这样好，呵呵笑着称赞他。同伴们也大声喝彩、叫好。

就在这时，我的枣红马扬头长嘶一声，撒蹄跑了起来。少年猝不及防，冲上前想去拽缰绳，踩滑了，没有拽到缰绳，反倒栽了个跟斗。枣红马像吃了兴奋剂，一路狂奔，铃铛乱响。少年爬起来，一边跌跌撞撞地追赶，一边用白族话训斥。赶马人和同伴们惊叫成一窝。我紧紧拽住缰绳。枣红马斜昂着头，和其他马抢道而奔，树枝刷在我的脸上、身上。在一个转弯处，为躲避刺蓬，我头一低，背包竟从头上飞了出去。接着眼镜也被树枝挂掉了，脖子火辣辣的疼。

赶马汉子们吼叫着，想法追堵枣红马，可是高傲的枣红马根本不予理会。冲过一座木桥的时候，碰上了迎面来的马匹。一个汉子斜身一跃，双手抱住了马脖子。枣红马前蹄悬空，一声嘶鸣，差点把我给摔下来。枣红马被制服了。

我从马上下来，双腿抖得厉害，站不稳身子，被赶上来的老汤一把扶住。赶马少年一身灰土，呜呜地哭。我说不怕不怕，我又没有摔下来。大家都凑上来感谢拦马的汉子。汉子抹抹脸上的汗水说，这匹马，肯定是嗅着母马的气味了。一句话说得大伙一阵哄笑。老乔说，早晓得这样危险，就不要骑马了。我说惊险是惊险了点，笑着从他手里接过挎包，还有摔碎了一片镜片的眼镜……

其实，在鸡山骑马是安全的。这一点要特别声明。据管理处的人介绍，直到目前，还没有听说骑马出过什么大的事故。至于像老乔那样掉到马肚子下面去，算是特例，纯属偶然，况且也很好玩呀！

此外，我曾在钟楼抄得一副楹联，原是要引在文章里，供读者欣赏的，不想一路写来，竟忘记了。总觉得有点可惜，干脆把它附在文末，不是更醒目么？其联云：

几树烟霞几树月；

一声风雨一声霜。

妈妈教我一个字

妈妈，你是普通的农村妇女，你没有文化，你不是从书本上教我这个字；你是在生活里，用你的心让我感受，让我懂得这个字的含义。

妈妈，当我躺在你的怀里，吮吸着你的乳汁，你轻轻地拍着我的小屁股，轻轻地梳理着我的头发。这时候，妈妈，我知道你是多么爱我，你用爱的乳汁喂养我。

你喜欢打扮我，妈妈。你说我是你的心肝、你的花朵。你给我绣了多么好看的“兜肚”，你用碎布拼接了多么好看的“百宝衣”“百宝裤”。还记得吧，妈妈，有一次绣花针戳伤了你的手指，我看见了红红的血珠。我拉过你的手轻轻地吹。我说，吹吹就不疼了。妈妈，你笑了，把我亲了又亲。你真的不疼了吗，妈妈？

有一段时间，我们家生活很苦。爸爸不在家，他帮人家做事去了。你带着我，妈妈，过着很艰难的日子。我们吃了很多野菜汤。我的那碗，总是放了盐的。妈妈，你那碗没有放盐，你为什么会说比我的还香？我没有鞋子穿，赤着脚去放牛，脚上被刺戳了。妈妈，你给我挑刺的时候，手为什么颤抖？你说你看不见刺，一点也看不见。妈妈，那是泪水模糊了你的眼睛。我知道，妈妈，你是流着眼泪给我挑刺。

在我们房后，有许多果树。有老祖栽的香梨树，有爷爷栽的核桃树，有爸爸栽的柿花树，还有花红树、杏树、李子树，等等。我吃香梨，我吃核桃，我吃柿花，我吃花红……我有很多果子吃。妈妈，春天里，你叫我也栽一棵树。你说，自己栽的树，果子更好吃。于是，我栽了棵桃树，一棵很美丽的桃树。当桃树第一次结桃子的时候，我上学了。妈妈，我把最大的一个桃子送给你，你却叫我把它带给老师……

啊，妈妈，你也是我的老师，我的第一位老师！你

把世间最宝贵的一个字——爱——教给了我。从你的爱中，我认识了美丽的人生，我也懂得了爱的真谛：爱就是给予，就是牺牲自己给别人，像妈妈你一样。

图书在版编目（C I P）数据

珊瑚云 / 吴然著 . —杭州 : 浙江教育出版社，2023.12

（语文教材选篇作家作品深度阅读系列 / 张明舟主编 . 吴然抒情美文）

ISBN 978-7-5722-5760-5

Ⅰ . ①珊… Ⅱ . ①吴… Ⅲ . ①散文集－中国－当代 Ⅳ . ① I267

中国国家版本馆 CIP 数据核字（2023）第 200102 号

责任编辑 寿临东　**责任校对** 陈德元
美术编辑 曾国兴　**责任印务** 曹雨辰
封面插画 宫雪艳　**内文插图** 汪　依
装帧设计 乐读文化

语文教材选篇作家作品深度阅读系列

吴然抒情美文　珊瑚云

WURAN SHUQING MEIWEN　SHANHUYUN

张明舟　主编　　吴　然　著

出版发行 浙江教育出版社
（杭州市天目山路 40 号　电话：0571-85170300-80928）
激光照排 杭州乐读文化创意有限公司
印　　刷 浙江新华印刷技术有限公司
开　　本 890mm × 1240mm　1/32
印　　张 4.25
字　　数 120 000
版　　次 2023 年 12 月第 1 版
印　　次 2023 年 12 月第 1 次印刷
标准书号 ISBN 978-7-5722-5760-5
定　　价 28.00 元